# INDLEVELSESEVNEN SOM ARV

*om*

## BILLEDHUGGEREN JAN HOLGER JERICHAU

*KOLOFON:*

*Titel:*

*Indlevelsesevnen som arv.*
*Om billedhuggeren Jan Holger Jerichau*

*Copyright:*

*Steen Johansen 2008*

*Published by Books on Demand 2008*

*Omslagsbillede:*

*Jan Holger Jerichau: "Til skønheden", Tilegnet maleren Jens Adolf Jerichau, træ 2006. (Foto: Troels Andersen)*

*Fotografier: Lars Bay, Troels Andersen, Søren Colding, Steen Johansen, Jørgen Heedegaard*

*ISBN*

Af samme forfatter:

FRA JAGUARENS HUS. En beretning om mayaforskeren Frans Blom, Forlaget Spring 2003

PÅ SPORET AF JERICHAU I ROM. En dagbog. Books on Demand 2007

KUNSTNERSLÆGTEN JERICHAU. En fortælling om en slægt med kunstnere i 4 generationer. Books on Demand 2008

**Jan Holger Jerichau,** *Kimære. 2000. Bøg*

# INDHOLDSFORTEGNELSE

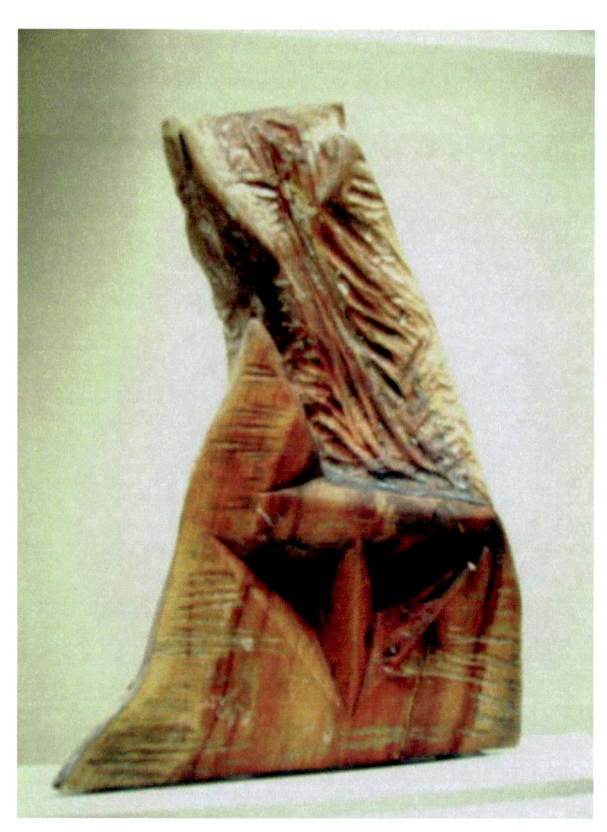

*Maske. 2001*

# BILLEDKUNSTNEREN JAN HOLGER JERICHAU
## Og
# KUNSTNERSLÆGTEN JERICHAU

Navnet **Jerichau** har været mig bekendt siden min tid på Københavns Universitet. Dengang kom jeg dagligt til Hovedbygningen på Frue Plads, og derfor gik jeg ofte forbi statuen af *David* foran Vor Frue Kirke, og her så jeg navnet **Jerichau** i bunden af statuen.

**Jens Adolf Jerichau,** *Kong David,* **1861**

Ved besøg på Statens Museum for Kunst havde jeg set *Panterjægeren* med navnet **Jerichau**, og naturligvis kunne man se navnet **Jerichau** på mange af Glyptotekets statuer og figurer. Det hørte med til min almenviden, at billedhuggeren Jens Adolf Jerichau havde udført *David* og *Panterjægeren* og mange andre statuer og skulpturer, og at han i øvrigt blev regnet for at være Bertel Thorvaldsens arvtager.

**Jens Adolf Jerichau,** *Panterjægeren,* **1845-46**

Ligeledes havde jeg på et vist tidspunkt set billeder af maleren Jens Adolf Jerichau på udstillingen på Louisiana.

**Jens Adolf Jerichau,** *Offerfesten,* **1915**

Og jeg havde også lagt mærke til, at maleriet *"Danmark"* var malet af Elisabeth Jerichau - Baumann. Sammenhængen mellem disse 3 kunstnere havde jeg imidlertid aldrig rigtig tænkt over.

Men der var – og er – en sammenhæng. Det fandt jeg så ud af, da jeg en dag mødte en rigtig levende **Jerichau** – i kød og blod - under et ophold på klostret San Cataldo ved Amalfi i det sydlige Italien.

Det var mit første møde med billedkunstneren Jan Holger Jerichau, oldebarn af det berømte ægtepar billedhuggeren Jens

Adolf Jerichau og malerinden Elisabeth Jerichau - Baumann og nevø af maleren Jens Adolf Jerichau. Det vakte min interesse og gav stof til eftertanke.

**Elisabeth Jerichau Baumann,** *Danmark,* **1852**

Som dagene gik under opholdet på San Cataldo fandt vi sammen, Jan Holger Jerichau og jeg, i hyggelige stunder på klostret og på hårde, fysisk krævende ture op og ned ad de stejle trappestier, ned til Amalfi og op til den Hvide Madonna, mens snakken gik - om mangt og meget - men også om familien **Jerichau,** og kunstnerslægten **Jerichau**. Jeg blev så klar over, at denne slægt med kunstnerisk udøvende medlemmer ikke kun var billedhuggeren Jens Adolf Jerichau, malerinden og forfatterinden Elisabeth Jerichau - Baumann og maleren Jens Adolf Jerichau, men at der var en hel del flere kunstnere i slægtens forskellige led frem til Jan Holger Jerichau. Billedhuggerens og malerindens datter Agnete Læssøe, f. Jerichau havde udfoldet sig kunstnerisk som forfatterinde og 3 af deres sønner var også blevet kunstnere. Det var komponisten Thorald Jerichau, maleren Harald Jerichau og landskabsmaleren Holger Jerichau. Den kunstneriske familietradition blev ført videre af Holger Jerichaus børn. Datteren Johanna Jerichau arbejdede med udsmykning af keramiske arbejder på Kählers Keramiske Fabrik. Hun havde også malet og haft sine billeder på udstillinger. Men især gjorde sønnen, maleren Jens Adolf Jerichau sig gældende som kunstner. Disse 2 Jerichau'er er henholdsvis mor og morbror til billedkunstneren Jan Holger Jerichau.

I løbet af den måned, vi var sammen på San Cataldo, observerede jeg, at Jan Holger Jerichau hele tiden tegnede og lavede skitser på sin tegneblok, hvis han da ikke snittede og sleb på et tilfældigt stykke træ eller en rod, som hans skarpe blik havde fået øje på under vores ture i bjergene. For ham havde en sådan genstand et bestemt indhold, der kunne udmøntes i en æstetisk form. Denne evne til at skabe og formgive kommer i Jan Holger Jerichaus tilfælde næppe fra fremmede og er lidet sandsynligt pludseligt opstået. Der er god grund til at antage, at den var til stede, den dag han kom ind i denne verden. Det er det gennemgående træk i slægten Jerichau, der som et gen ligger gemt i arven.

Forbindelsen med Jan Holger Jerichau er blevet holdt ved lige efter afsluttet ophold på San Cataldo. Jeg har besøgt ham flere gange i Hundested, hvor han nu bor og har sit atelier eller værksted, som han foretrækker at kalde det lokale i udkanten af Hundested, hvor han arbejder med skulpturer og laver grafiske tryk. Her har jeg set hans mange forskellige, udtryksfulde og smukke skulpturer.Vi har snakket om kunst - om hans kunst - og udvekslet meninger og synspunkter. Og vi har snakket meget om kunstnerslægten Jerichau, om de enkelte medlemmer både som kunstnere og som mennesker og om den sammenhæng, der har været og er mellem dem, hvor forskellige de end måtte have været. Og forskellige er de, hvad en samlet fremstilling af slægten viser.

Kunstnerslægten **Jerichau** er noget helt særligt i dansk kunsts historie ved at kunne fremvise kunstneriske aktiviteter i hele 4 generationer og ned til 8. led. Linien kan trækkes fra "stamfaderen", billedhuggeren Jens Adolf Jerichau (1816–1883) og frem til den stadig aktive billedhugger og skulptør Jan Holger Jerichau (f. 1937).

Slægten har formodentlig sin oprindelse i den tyske adelsslægt Jerichow i byen af samme navn nær Magdeburg. Dette fremgår af Nicolaj Bøghs biografi *"Erindringer af og om Jens Adolf Jerichau"* og bliver mere udførligt beskrevet af E. Juel Hansen i en lille artikel om *"Billedhuggeren Jens Adolf Jerichau's Slægt. Nogle Oplysninger samlede i Anledning af 50–Aaret for hans Død"*.

Artiklen fortæller, at slægtens første kendte mand i Danmark er Korporal **Johan Jochim Jerichow / Jericho / Jerico**, der slog sig ned i Assens. Navnet Jerichow findes i kirkebøgerne for Assens snart som Jericho, snart som Jerico. Velsagtens nedskrevet efter udtalen. Navnet **Jerichau** optræder først i 1790'erne, og der synes ikke at være oplysninger om, hvorfor og hvorledes denne ændring kom i stand. Det oprindelige slægtsnavn **Jerichow** dukker op igen i 1910, da en kvindelig gren af slægten **Jerichau** ved kongelig bevilling får tilladelse til at føre slægtsnavnet **Jerichow**. I dag findes der således både en familie **Jerichau** og en familie **Jerichow** i Danmark. (1)

Den tyske korporal **Jerichow** er rimeligvis identisk med Rytter Johan Christian **Jerico**, der nævnes som fadder i Assens kirkebog 30. september 1742. Efter sigende giftede han sig med en lokal bondepige, og de fik sønnen: Carl Christian Jerichau (1767–1821), der blev gift med Karen Birch (1781–1855), Det er billedhuggerens forældre. Carl Christian Jerichau havde været gift en gang tidligere. Første gang blev han gift med Juliana Henriksdatter Rasmussen (1769–1811). De fik 12 børn sammen, og i sit andet ægteskab (efter at hans første kone var afgået ved døden) fik han yderligere 6 børn. Carl Christian Jerichau var således fader til i alt 18 børn. Af disse mange børn døde 6 allerede under det første ægteskab, og han førte så de andre 6 med over i ægteskab nummer 2 med billedhuggerens moder. Jens Adolf Jerichau voksede op i en børneflok på 12, som snart skulle blive forsørget af moderen, da faderen kort tid efter brylluppet blev angrebet af en stærk tyfus, mistede hukommelsen og arbejdsevnen for resten af livet. Jens Adolf var faderens sekstende og moderens fjerde barn. Det første led og " stamfaderen" til kunstnerslægten Jerichau har sit udspring i denne børnerige familie i Assens. (2)

## 1. slægtled

Billedhuggeren Jens Adolf Jerichau (1816–1883) blev gift med den tysk – polsk fødte portræt- og landskabsmalerinde og forfatterinde Elisabeth Marie Anna (Lisinka) Baumann (1819-1881) (3).

Ægteparret Jerichau fik i alt 9 børn. Heraf fik 4 det kunstneriske gen i arv og lod det gå videre til de efterfølgende generationer. ( 4 )

13

## 2. slægtled

*Thorald Jerichau (1848–1909)*, komponist og organist

**Harald Jerichau** (1851–1878), *landskabsmaler*

**Agnete Læssøe, f. Jerichau** (1853–1897), *forfatter*

**Holger Jerichau** (1861 – 1900), *landskabsmaler*, gift med **Anna Frederikke Birch** (1861-1947)

## 3. slægtled

**Elisabeth Jerichau** (1888-1971), *akvarelmaler*

**Emil Jens Adolf Baumann Jerichau** (1890–1916), *kunstmaler*

**Johanna (Janna) Jerichau** (1899–1983), *maler og keramisk illustrator*, gift med **Fritz Jensen**

## 4. slægtled

**Jan Holger Jerichau** (f. 1937), *billedhugger og skulptør*

I skildringen af denne slægts kunstneriske og menneskelige udfoldelse spiller Rom og Italien en meget stor – ja, altafgørende rolle. "Stamfaderen", billedhuggeren Jens Adolf Jerichau og hans kone tilbragte en årrække i Rom, inden de omsider bosatte sig i Danmark. Men også i løbet af årene med fast bopæl i Danmark gik

14

turen flere gange tilbage til Rom for at puste nyt liv i den kunstneriske udfoldelsesevne. Det gælder billedhuggeren, men især hans kone Elisabeth Jerichau - Bauman tilbragte megen af sin tid i Rom, ofte sammen med en af sønnerne, Thorald, Harald og Holger, og ved visse lejligheder også med døtrene Agnete og Sofy. Familiens tilknytning til Rom blev så meget stærkere, da Harald Jerichau og hans unge kone Marie blev begravet på den ikke katolske (protestantiske) kirkegård ved Cestiuspyramiden i Rom.

Billedhuggeren Jens Adolf Jerichau skabte i Rom sine største kunstværker og blev kendt og agtet internationalt. Han tog således arven op efter Thorvaldsen, hvis atelier han i øvrigt arbejdede i, mens han var i Rom. Årene i Rom bragte ham nær til og lærte ham Antikken fra det gamle Grækenland at kende.

**Jens Adolf Jerichau, 1845**
**Malet af Elisabeth Jerichau Baumann**

Rom og Italien havde en anden, men tilsvarende stor betydning for maleren Elisabeth Jerichau Baumann. Hun var uddannet på malerskolen i Düsseldorf og havde her især beskæftiget sig med portrætmaleriet, men i Rom kastede hun sig ud i noget nyt for hende. Landskabet og menneskene betog hende, og det førte til en sprudlende folkelivs- og menneskeskildring i hendes billeder. Rom blev senere en slags base for hendes rejser til Grækenland, Tyrkiet og Ægypten

**Elisabeth Jerichau Baumann,** *Selvportræt* **1850**

Hun videregav sin begejstring for Rom til sønnerne Harald og Holger. De boede begge her i længere tid, og de har malet nogle af deres betydeligste billeder i Italien, det sydlige Europa, Grækenland og den nære Orient. Rom (og Italien og Sydeuropa) blev således på forskellig vis skelsættende for dem. Det var her de slog igennem som kunstnere og grundlagde deres karrierer. Hver for sig og hver på deres måde.

Der er både sorger og glæder for kunstnerægteparret i deres liv og samliv. De får som tidligere nævnt i alt 9 børn, 3 drenge og 6 piger. Det er en glæde, at fire af børnene arver den kunstneriske evne og hver på deres måde udfolder det talent, de har fået i arv. Men sorg er der også. Den førstefødte lille pige dør som ganske spæd. To af døtrene bliver uhelbredeligt sindssyge, og sønnen

Harald mister først sit lille barn efter kort tids sygdom. Året efter dør hans kone Marie med et ufødt barn. Harald selv dør året efter i Rom på grund af en ondartet malaria sygdom, kun 27 år gammel.

Ulykker og sorger fortsætter i slægten i de følgende år. Kunstnerægteparret Jerichau – Baumanns yngste søn Holger arver meget af faderens tunge sind og lider under voldsomme depressioner. Han bliver ramt af en hjernesygdom og dør i en forholdsvis ung alder. Han blev kun 39 år gammel.

Den hidtil sidste ulykkelige hændelse i slægten sker i 1916, da kunstnerparrets barnebarn, Holgers søn Jens Adolf Jerichau i en alder af 26 år tager sit eget liv i Paris og således dramatisk gør ende på en lovende kunstnerisk karriere.

Det var et foreløbigt slutpunkt for den kunstneriske udfoldelse i slægten Jerichau. Men ilden var ikke helt gået ud. Det ulmede stadig i asken, og i glimt dukkede Jerichau navnet igen op i kunstnerisk sammenhæng i de følgende år. Den unge tidligt døde malers ældre søster Elisabeth arbejdede så småt med akvarelmaleriet. Den yngre søster Johanna malede også og opnåede at vise sine billeder og malerier på udstillinger først i Paris og senere i København. Inden hun rejste til Paris for at videreuddanne sig, havde hun arbejdet på Kählers keramiske Fabrik som maler. Da hun holdt op med det kunstneriske, syntes ilden at skulle gå ud, men med sine grafiske arbejder, tegninger, skulpturer og billedhuggerarbejder har hendes søn Jan Holger Jerichau mange år senere pustet til ilden og har fået flammerne til at lyse klarere op.

Det seneste skud på kunstnerslægten Jerichau, "stamfaderens" oldebarn Jan Holger Jerichau bor i dag i Hundested, hvor han har fundet et fristed til at arbejde med sin grafik og sine skulpturer inspireret af naturen, landskabet og havet. Han er kommet hertil efter i mange år at have boet i det indre København. Skiftet fra det nære kunstnermiljø i København til den mere isolerede kunstneriske tilværelse i Hundested har på mange måder været værdifuld for ham. Han er familiemæssigt blevet stabiliseret i et nyt parforhold, samtidig er hans frigørelse af de slægtsmæssige bånd blevet konsolideret, men på en bestemt og forunderlig måde har det også betydet en tilnærmelse til slægten. Ved en parallel handling har han så at sige nærmet sig "stamfaderen" til den kunstnerslægt, han er en sidste del af. Begge har på et bestemt tidspunkt af deres liv ønsket at drage "mod vest" for på hver deres måde at finde ro og frihed.

Billedhuggeren Jens Adolf Jerichau boede de sidste 13 år af sit liv afsondret fra omverdenen ude på landet på en 30 tønder land stor bondegård ved den lille landsby Neder Dråby i den vestlige del af Sjælland, " *beliggende omtrent midtvejs mellem Frederikssund og Jægerspris, lige hvor man kommer ud af den bakkerige, udsigtsskønne "Færgelund", en af Sjællands smukkeste skove"*. (5)

Jens Adolf Jerichau havde igennem mange år haft et ønske om at komme væk fra København, hvor han egentlig aldrig rigtig følte sig tilpas efter sin tilbagevenden i 1848 fra udlændigheden i Rom. Samtidig havde han en indre higen mod naturen, landskabet og vandet. Allerede samme år – 1848 – skriver han den 14. december fra Rom til hustruen Elisabeth, som på det tidspunkt er rejst til Danmark og København forud for ham.

*"Elskede Elise! ……Der er intet i Vejen for, at Du kan leje den lille Bolig hos Fru Læssøe, da jeg agter at opholde mig i Kjøbenhavn i Sommer med Undtagelse af nogle smaa Ture til Isefjorden, som jeg ønsker at gjøre mig bekendt med, da jeg tror,*

18

*dette Farvand vil i Tiden blive Din Medbejlerinde, som Du udtrykker Dig;…".*

Den succesombruste og fejrede nygifte, men også egenrådige billedhugger mente, hvad han skrev allerede på dette tidspunkt i sit unge ægteskab, men der skulle dog gå mere end 20 år, før dette ønske bliver opfyldt og *"Isefjorden bliver Medbejlerinde".* (6)

Trangen til at komme væk fra København og *"Klikken",* som han betegnede den intellektuelle kunstelite i København med Høyen i spidsen, levede videre, og i 1861 erhvervede familien en ejendom med strandgrund på Strandvejen i Charlottenlund. (7)
Her indrettede kunstnerægteparret deres sommerhjem. Jerichau var glad for dette lille fristed og nød at være der, men kun for en tid. Det var i højere grad hans kone, der blev fuldt tilfredsstillet ved at bo der. For ham lå ejendommen for nær "Verden", som det fortælles i biografien. Her siges det også, at han skulle have ønsket at male et skilt ved indgangen, hvor der skulle stå *"Kjør forbi !"* Hans trang til at bo på landet blev ikke opfyldt her så tæt på *"den lede Hovedstad;* fra Landstedet skrev han: *Jeg er træt af Kjøbenhavn og af alt det smaalige Væsen i denne By. Menneskene overhovedet blive mig mere og mere utaalelige, skjønt de jo vist ere meget bedre end jeg; men come si fa?"* (Hvad skal man gjøre?) (8)

I slutningen af 1870 får Jerichau så endelig skabt den ønskede afstand til *"verden"* og drager mod vest. Det sker meget imod hans kones ønske. Men han køber egenrådigt bondegården ved Neder Dråby og isolerer sig både fra *"den lede Hovedstad"* og fra sin kone og sine børn. Her bor han så alene i 13 år, indtil han dør i 1883. Det er et liv i tilbagetrukkethed og ensomhed kun

19

afbrudt af nødtvungne besøg i København. De sidste år af sit liv levede han her uden at være under pres, uden at føle sig i opposition mod *"Klikken"*. Her havde han genvundet den personlige og kunstneriske frihed, han havde haft i de grundlæggende år i Rom. Her kunne han igen skabe, lave skitser og tegne, men på en anden måde end tidligere. Ikke flere store klassiske skulpturer. Ikke flere væsentlige bestillinger. Den tid var forbi, måtte han sande. I stedet måtte han få egne ideer til kompositioner og skulpturer nærmere tidsånden. I en vis udstrækning gav det ham dog tilfredsstillelse i den sidste periode af sin kunstneriske løbebane.

Ikke langt fra Neder Dråby har så i dag oldebarnet, billedhuggeren og billedkunstneren Jan Holger Jerichau slået sig ned, og her har han fået sin kunstneriske uafhængighed og frihed. Også han er draget mod vest for at gøre nye landvindinger. På samme måde som oldefaderen har han til trods for problemer og personlige konflikter holdt ånden i live. Også han har trukket sig tilbage fra byen, fra *"verden"*, og påbegyndt sin nye tilværelse. Lighederne springer i øjnene. Årsagerne er dog forskellige.

Lige som de øvrige kunstnere i slægten har Jan Holger Jerichau i løbet af sin kunstneriske udvikling haft sine konflikter at kæmpe med og arbejdet hårdt for at overvinde. På dette punkt har han meget til fælles med de foregående generationers kunstnere og ikke mindst med oldefaderen og "stamfaderen". Kunstnerslægten Jerichaus nedarvede gen blev i udpræget grad grundlagt på konflikter.

# INDLEVELSESEVNEN SOM ARV

*Han har i særdeleshed kunstnerblodet
rullende i årerne. Så meget, at det til
tider har været svært at blive sig selv.
To Jens Adolf'er, der kigger over
skulderen fra det hinsidige.*

*Ole Nørlyng, 1997*

**Jan Holger Jerichau 2007**

21

Jan Holger Jerichau er ikke flyttet fra *"den lede Hovedstad"* og er ikke flyttet ud til en bondegård for at leve alene og isoleret fra den kunstneriske og intellektuelle omverden. Han er flyttet til det vestlige Sjælland for at bo sammen med Hanne og starte en ny og anderledes tilværelse. De bor i et mindre rækkehus, der ligger i et villakvarter i udkanten af Hundested. Det er et rart, hyggeligt og rummeligt hus. Det passer for dem. Og samtidig er de også i tæt kontakt med havnen og havet, den frie natur og det storslåede landskab. Mere eller mindre det samme vand, den samme natur og det samme landskab, der for de mange år siden havde så stærk en tiltrækningskraft på slægtens stamfader og Jan Holger Jerichaus oldefader.

På forunderlig vis er slægten rykket nærmere sammen på det ydre, geografiske plan, og Jan Holger Jerichau er sig dette bevidst. Han lægger ikke skjul på, at han er en Jerichau med rødder tilbage til den berømte billedhugger og den på sin vis lige så berømte malerinde, og han er i høj grad berørt af de efterfølgende kunstneriske Jerichauere. Både af Harald Jerichau og af morfaderen Holger Jerichau, men i særlig grad har han været under stærk indflydelse af maleren Jens Adolf Jerichau, hans morbroder. Derudover har han fået det lod i tilværelsen, at den tunge byrde hviler på hans skuldre. Det er ham, der er ansvarlig for *families ære*, og det er ham, der skal *opretholde slægten* som kunstnerslægt.

Slægten er derfor til stede i Jan Holger Jerichaus liv og dagligdag. Hjemmet i Hundested vidner om, at en Jerichau bor her. I entreen ved indgangsdøren får man den første påmindelse. Her ser man et selvportræt af morbroderen Jens Adolf Jerichau. I køkkenet er der et smukt portræt af Jan Holgers mor, Janna Jerichau som stor pige, malet af broderen Jens Adolf Jerichau i 1906-07. På væggene i den rummelige stue hænger billeder og malerier af så at sige alle tidligere *kunstneriske Jerichauere.*

**Jan Holger Jerichau i sit "værksted" 2004.**

Der findes 2 mindre billeder, olie på lærred. Det er studier til polske billeder, som oldemoderen Elisabeth Jerichau Baumann malede. Ved siden af disse hænger et selvportræt af malerinden.

Hertil føjer sig tegninger af billedhuggeren. Der er en række malerier og tegninger fra Italien af Harald Jerichau. Der er også et par tegninger af forfatteren Agnete Læssøe, født Jerichau, landskabsbilleder af morfaderen Holger Jerichau og akvareller af Jan Holgers mor Janna Jerichau. Rundt om i stuen ser man forskellige af Jan Holger Jerichaus egne skulpturer. I huset er der også papirer, breve, tegninger og skitser fra de forudgående generationer gemt bort i skabe og skuffer.

I modsætning til billedhuggeren rejste Jan Holger Jerichau ikke fra København til et sted og et hus med rigelig plads til udførelse af kunstneriske aktiviteter. Han har derfor været nødt til at leje sig ind hos en mekaniker, der har sit værksted tæt ved en af indfaldsvejene til Hundested. Det er et rummeligt og velfungerende lokale. I dette atelier - eller værksted – er han særdeles aktiv med at tegne, lave skitser, grafik og arbejde med skulpturer, som efterhånden næsten udelukkende er arbejder i træ, der udmøntes i en smuk æstetisk form med indholdet i et præcist formuleret udtryk.

Et besøg i Jan Holger Jerichaus atelier og værksted fortæller meget om ham og hans bevidsthed om at være en Jerichau med det samme kunstneriske kald, som de forudgående generationer.

Efter at være passeret forbi forskellige skulpturer, som Jan Holger Jerichau har udstillet i en lille forgård omgivet af et hegn, kommer man ind i selve værkstedet, og det første indtryk man får, er rummelighed, men også nærhed. Det er et pænt, lyst rum. Det er helt tydeligt et sted, hvor der arbejdes. Det er et værksted. Adskillige endnu ikke fuldendte arbejder og skulpturer giver umiskendeligt udtryk for dette. De er centralt placeret i rummets værkstedsdel. Langs væggene og i hjørnerne står de allerede færdiggjorte arbejder. Det er en ihærdig og aktiv kunstners værksted. Samtidig er det et sted, der også er indrettet til refleksioner og planlægning af fremtidige opgaver. I det fjerne hjørne er der en bogreol fyldt med bøger. Der er en lænestol og et lille bord. Overfor er der et stort arbejdsbord til brug for skitser, tegninger og grafiske arbejder. I det modsatte hjørne er der et smukt antikt skab. Det skriger "arvestykke" imod én, og det syder af *"Jerichau"*. Der er i øvrigt meget *"Jerichau"* i dette værksted. Billeder, fotografier og malerier af de tidligere generationers medlemmer hænger på væggene. Der er et billede malet af Elisabeth Jerichau Baumann, nogle af hendes portrætter af Thorald og Holger Jerichau, et maleri udført af den unge Jens Adolf Jerichau og landskabsmalerier af Holger Jerichau på væggene i de tilstødende rum. På det antikke skab i hjørnet står en lille, smuk gengivelse af billedhuggerens "Panterjæger". Og også her har Jan Holger forskellige af familiens papirer, breve, tegninger gemt væk i skabe og skuffer, hvor han også værner om den dødsmaske af oldemoderen Elisabeth Jerichau Baumann, som Nicolai Bøgh omtaler i sin biografi. (9)

Slægten har fået sit samlingspunkt her i Hundested, fordelt i hjemmet og i værkstedet, ligesom arvegodset tidligere var "samlet" i Kavalerboligen i Hørsholm og det tilhørende atelier.

Med Jan Holger Jerichau lever kunstnerslægten stadig et frodigt og frugtbart liv. Det arvelige gen har banet sig vej til den 4. og foreløbig sidste generation i kunstens ærinde, men ikke uden forhindringer og strabadser undervejs. Heri adskiller Jan Holger Jerichau sig ikke fra de foregående generationer. Alle tidligere familiemedlemmer har på visse tidspunkter og ved visse lejligheder måttet kæmpe for at få dette *gen* realiseret, for at få det udtrykt. De har været tvunget til at overvinde konflikter. Både de *indre,* inden i sig selv, og de *ydre,* i sammenstødet med den omgivende sociale, politiske og kulturelle virkelighed. Det kan ikke undre nogen. En væsentlig del af kunstens væsen er at være anderledes, gå foran, skabe nyt, være på forkant – og det skaber konflikter på den ene eller anden måde.

**Skulptur. Maske. 2003. Finer og spejlglas**

For Jan Holger Jerichau har der været en lang og meget vanskelig årrække, hvor maleren Jens Adolf Jerichau – hans morbroder – sad på hans højre hånd og var med til at bestemme hans formsprog. Det var i de unge år, da han troede, at maleriet skulle være hans kunstneriske udtryksmiddel. Men mødet med kunstneren Gunnar Hossy resulterede i en frigørelse fra forgængerne i slægten og satte en bevidst proces i gang. Både som kunstner og som menneske. Jan Holger Jerichau har derfor ladet maleriet fare. Morbroderens skygge er væk. Han har derefter lavet grafiske tryk, tegnet og udført skulpturer. Han er blevet billedhugger og skulptør, og i denne kunstform føler han sig også frigjort fra Jens Adolf den ældre, den berømte oldefader og stamfader til kunstnerslægten. Jan Holger Jerichau har fundet sit eget kunstneriske udtryk og formsprog, og på sin egen måde fører han slægtens fornemme traditioner videre.

Der er visse træk, der går igen i forholdet til de 2 Jens Adolf'er i slægten. Jan Holger Jerichau har det til fælles med dem begge, at lige som dem kom han som ung i lære som håndværker. Jens Adolf den yngre lærte murerhåndværket i forbindelse med et

**Insektet 1988. Gips**

efterfølgende arkitektstudium. Jan Holger kom i lære som håndværksmaler. Det samme gjorde Jens Adolf den Ældre. Men i modsætning til oldefaderen løb Jan Holger ikke af lære. Han blev udlært og arbejdede i en årrække som malersvend i forskellige private firmaer, indtil han blev ansat som håndværker og maler på Nationalmuseet, hvor han først arbejdede med udstillinger i Brede, og da man lukkede denne afdeling, kom han til det nye Nationalmuseum. Han forlod denne arbejdsplads som 60 årig i 1997 og lod sig pensionere på den daværende efterlønsordning. Det gav tid til at arbejde med kunsten på fuld tid, men samtidig gav det også ikke forventede og ikke forudsete vanskeligheder. Efterlønsordningen var på det tidspunkt endnu ikke fleksibel. Det betød, at Jan Holger Jerichau ikke måtte arbejde med sin kunst og ikke kunne udstille. Han befandt sig pludselig igen i en *ufri* - bunden – situation. Friheden opnåede han først da han i 2004 fyldte 67 år. Først da var det officielt tilladt, at han kunne arbejde med sin kunst og vise sine arbejder på udstillinger.

Historien har så at sige gentaget sig. Jan Holger Jerichau måtte – ligesom både oldefaderen og oldemoderen omkring 150 år tidligere – opleve " 7 magre år ", inden han kunne træde ud i fuld offentlighed og vise, at *familiens ære er intakt og kunstnerslægten opretholdt* i en lige linje.

Den direkte linje til "stamfaderen" og oldefaderen kan på overfladen synes at bestå deri, at også Jan Holger Jerichau arbejder med det formgivende, plastiske udtryk som billedkunstner og skulptør, om end på en anden måde end billedhuggeren. Jan Holger Jerichaus arbejder er tilpasset tiden og samtiden. Men det fælles træk er, at også Jan Holger Jerichau tager sit udgangspunkt i kunstens klassiske grundbegreber: Tanken og følelsen.

Evnen til at få disse begreber frem i den kunstneriske udtryksform hidrører fra arven og er den røde tråd, der løber igennem hele slægten og binder den sammen i 4 slægtled. Men hvert enkelt medlem af slægten har hver deres udtryk tilpasset hver deres tid og temperament. Således både den første og sidste på stammen. Billedhuggeren Jens Adolf Jerichau – den første i slægten - står for det store opbrud i det 19. århundredes opfattelse af kunsten, spliden mellem det klassiske skønhedsideal og den nye opfattelse af mennesket. Han var først og fremmest europæisk, vel i dag internationalt, orienteret og stod i skarp modsætning til det nationalromantiske. Billedkunstneren Jan Holger Jerichau – den sidste i slægten – har fundet sit ståsted og sit eget formsprog tilpasset sin tid. Men også hans værker skabes på de klassiske grundbegreber, samtidig med at de på et overnationalt almengyldigt, menneskeligt plan udtrykker kontrast og dualisme: Undertrykkelsen og Friheden.

Sådan beskriver Jesper Grunnet Jan Holger Jerichau i dennes tidlige fase som billedkunstner. Det var i 1979, og nogle år efter at kunstneren havde mødt billedhuggeren og tegneren Gunnar Hossy. Dette møde fik afgørende betydning for Jan Holger Jerichau. Hossy blev som lærer, inspirator og ven kilde til den pædagogiske og moralske afklaring, som Jan Holger Jerichau kom til at opleve. Han fik nu en ikke tidligere oplevet frihed – *en frigjorthed* – til at skabe sin egen kunst. Han var nu i stand til at frigøre sig ved at skabe den fornødne afstand til sine forfædre, og det satte en bevidst proces i gang.

Jan Holger Jerichau var i sine tidlige arbejder politisk på en bestemt måde. Det udtrykker han i en dualisme i sine billeder, skulpturer, grafiske arbejder og opstillinger. Han beskæftiger sig med kampen mellem det gode og det onde, mellem tro og tvivl, og han kredser om kontrasten mellem det smukke og det grimme. Det bærende element i disse arbejder er hans humanistiske indstilling og holdning. Således er det politiske islæt i hans kunst en stadig gøren opmærksom på, at der er en latent trang til undertrykkelse i menneskenaturen.

Jesper Grunnet giver i sin artikel en analyse af forskellige af Jan Holger Jerichaus arbejder.

*"Aktuelle politiske situationer, fotografier i dagspressen, bøger, film og samvær med andre i det daglige er det stof, der*

*fylder ham [Jan Holger Jerichau] op og presser sig ud gennem det medie, der er hans: Det billedskabende.*

*I forbindelse med omtalen af garotteringerne under Francostyret i Spanien blev der i dagspressen bragt et billede af Goya med titlen: "Garottering, mange er endt deres dage sådan" fra omkring 1800. Dette avisudklip dannede udgangspunkt for en af hans skulpturer. Historien gentager sig. Kunstneren forfølger, registrerer og viser det frem.*

*Et avisudklip med Goyas billede i 4 eksemplarer danner bunden i skulpturen Søjlen er bygget op af spejlglas i korsform, der optager billederne mange gange i sig. Øverst sidder en åg-formet træklods, hvorpå der er monteret en forkromet løsdel, måske fra en bil, dinglende på en fjeder, der ser stærk ud, men ved sin tynde spiralform er lige så svag som en blottet halshvirvel, Idet man nærmer sig skulpturen, sker der objektivt dette: Spejlene viser den nutid, man selv er, blandet sammen med den fortid, der ses i spejlingerne af garotteringen. Jan Holger gør facit ved at anbringe åget og og det dinglende hoved på den sårbare, forkromede halshvirvel."*

*Skulpturen "Tiden"....den ene side er en stor urskive uden visere. På den anden side er monteret et Røde Kors skilt. Det hvide kors på rød bund. Det danske flag. Det er delvis domineret af rustne blikplader. En ophobning af ting. En ansamling af tanker og overvejelser*

*Hånden og Korset er ofte motiver i Jan Holger Jerichaus arbejder. Et linoleumstryk er gjort over et billede af hænder, der er fastholdt af det, der i fagsproget indenfor åndssvageforsorgen hedder en fiktionshandske. Her er ikke tale om naturalistisk gengivelse af et motiv. Her er tale om indlevelse i den situation, der hedder: At blive holdt fast. At blive undertrykt. Billedet bærer også korsets tegn i kompositionen, og man kommer i tvivl om billedets titel. Vil man kalde det Fiktionshandsken eller Tegn? Bearbejdningen af motivet har gjort det flertydigt.*

Hånden, Foden og Korset er de tegn, der dukker op i mange af Jan Holger Jerichaus skulpturer. Kristus eller ej. Disse tegn eksisterede før år 0. Undertrykkelsen og lidelsen gjorde det også. Denne smarte sommersko, anno 1979, holdt fast i et jerngreb af isenkræmmerens skruetvinger, fortæller mig en moderne lidelseshistorie.

Et stykke forvitret metalplade, skrøbeligt som et vissent blad, en kasseret ting, der ligeså godt kunne være endt i en skraldevogn, bragt ind i en ny sammenhæng. Sat på en piedestal – en gammel knibtang – folder sig ud som Fugl Phønix. Han fortæller om denne skulptur, at den for ham er et udtryk for det skrøbelige og forgængelige i selve det at opleve skønheden. Nødvendig som en indånding. Forsvinder bort som en udånding." (10)

Dette er således en vurdering af Jan Holger Jerichau og hans kunst frem til 1979. Senere har han udviklet sig som kunstner og fundet frem til nye og andre materialer, men han er vedblevet at være en politisk kunstner. Han protesterer fortsat mod magtkoncentrationer og umyndiggørelse af det enkelte menneske.

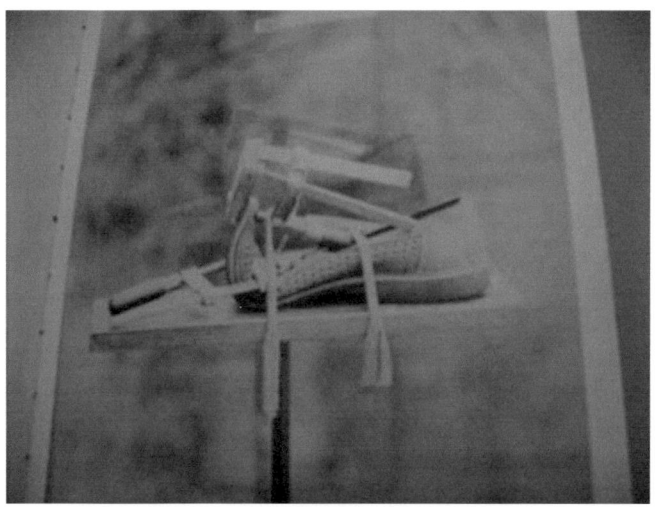

**Konstellation**

Han bygger ofte en advarsel ind i sine grafiske arbejder og skulpturer med et påbud til os om at stoppe op og tænke os om.

Der er mange forskellige kilder til motiverne i Jan Holger Jerichaus arbejder. Nogle af hans skulpturer har deres udspring i dagspressen, andre har fundet motivet i film og litteratur, således f. eks. Sartres "Lukkede Døre", Bergmans film "Stilheden" og filmen "Z" om den myrdede græske politiker Lambrakis. I en skulptur har han hyldet den tyske kunstner John Hartfield, som udviklede fotomontagen til i kras satirisk form at protestere f. eks. mod fascismen.

"Fugl Phønix" - fuglen, der er symbol på liv og frihed - er et motiv ofte anvendt af Jan Holger Jerichau. Han er personligt tæt knyttet til dette symbol. Han har selv oplevet at opnå frihed som

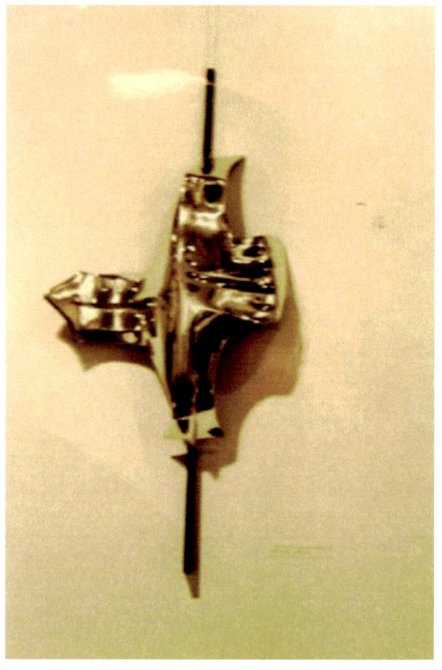

*Fugl Fønix*. **1983. Bronze.**

kunstner og dermed et ændret liv i stadig udvikling. "Fugl Fønix" er inspireret af Knudåge Riisagers musikstykke fra 1946, og Jan Holger Jerichau har da også udført en skulptur af "Fugl Phønix" som en hyldest til komponisten. Jerichau bruger her det gamle græske sagn om Fugl Phønix, der rejser sig af asken, i en kristen betydning. Fuglen danner en korsform som tegn på opstandelsen.

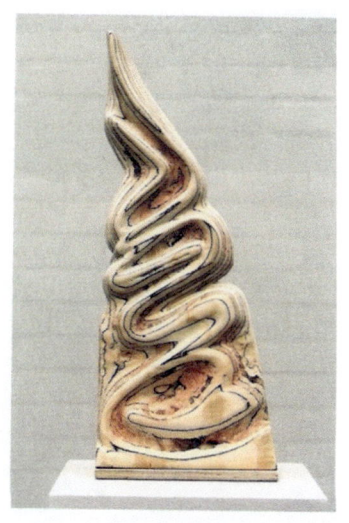

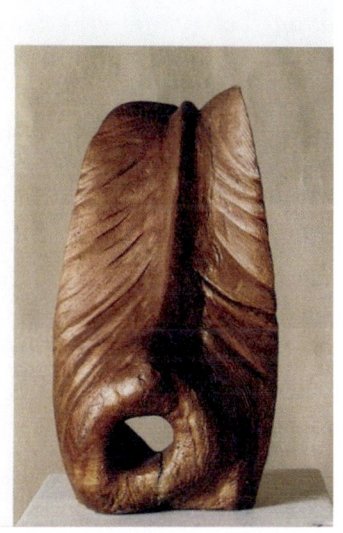

*Flammen,* 2002, finer (øverst)
*Cobra,* 2004, forgyldt træ (nederst)

I 1997 markerede Jan Holger Jerichau sin 60 års dag med en udstilling i Kunsthallen i København. I den anledning skrev kunstanmelderen Ole Nørlyng artiklen "Organiske Former" i Berlingske Tidende. Med denne anmeldelse i baghovedet kommer man tæt ind på noget af det væsentlige ved Jan Holger Jerichau og hans kunst.

*"Det er udadtil en abstrakt skulptur, der optager Jan Holger Jerichau, men indadtil fornemmer man en skjult figur, som f. eks. i de interessante draperistudier i gips. Her er det, som om en menneskelig figur er på vej til at bryde ud. Hvilket igen fører tanken hen på den skulpturelle hyldest til komponisten Knudåge Riisagers "Fugl Phønix", der ses i skinnende bronze.*

*At synliggøre, men kun i et vist omfang. At lade det anelsesfulde stå frem som det uhåndgribelige, det er – det er de kvaliteter, man fanges af i Jan Holger Jerichaus skulptur."* (11)

Mangfoldigheden og afvekslingen i Jan Holger Jerichaus kunst blev stillet til skue på en separatudstilling med titlen *"Modsætninger"* i Gjethuset i Frederiksværk foråret 2005. Det var en retrospektiv udstilling med skulpturer i træ, bronze og gips, samt tegninger, maleri, grafik, assemblage og relief.. Der var ialt 95 forskellige arbejder af kunstneren. Et indblik i hans udvikling fra arbejdet med kasserede sko, fjedre, skruetvinger og gammelt jern, over bronze og gips og frem til de senere års skulpturer i træ, der viser hans poetiske skønhedssøgen.

I et nyligt udkommet nummer af kunsttidsskriftet *"Billedkunst"* skriver Troels Andersen artiklen *"Noter om Jan Holger Jerichaus seneste skulpturer."* Her giver Andersen en karakteristik af Jan Holger Jerichau som kunstner og placerer ham ligeledes i et tæt forhold til de spontan-abstrakte kunstnere.

**G-nøglen. 2002. Finer**

"Jan Holger Jerichaus skulpturer har deres egen tematik. Uden at der er tale om nogen bevidst tilslutning til en tradition, står mange af hans arbejder i et nært forhold til den del af dansk skulptur i det tyvende århundrede, der blev skabt af de spontan-abstrakte kunstnere. Allerede i de første brændtlerskulpturer kunne man ane den sammenhæng med den spontan-abstrakte udtryksform, der kommer til fuld udfoldelse i de nye træskulpturer.

*Han fortsætter den linie, der blev markeret af Ejler Bille, Sonja Ferlov og den tidlige Robert Jacobsen. Som hos dem er masken, dyreskikkelsen, symbolet, totem'en tilbagevendende motiver. Brugen af og kærligheden til collagen er et andet fællestræk.*

*Som sagt er denne sammenhæng ikke en gang bevidst. Lighederne opstår ud fra et indre slægtskab, ikke gennem ydre*

**Skulpturen "Skovens vogter". Elm. 2002**

*påvirkninger. Det er paradoksalt, at hvor meget Jan Holger Jerichau end har taget livtag med sin familiearv, som fjerde generation i en kunstnerslægt, lader hans værk sig bedst se som en*

38

*ny fortolkning af en langt senere skulpturopfattelse. Måske er kravet til formens fuldkommenhed det eneste, der røber slægtskabet med de fjerne forgængere i familien."* (12)

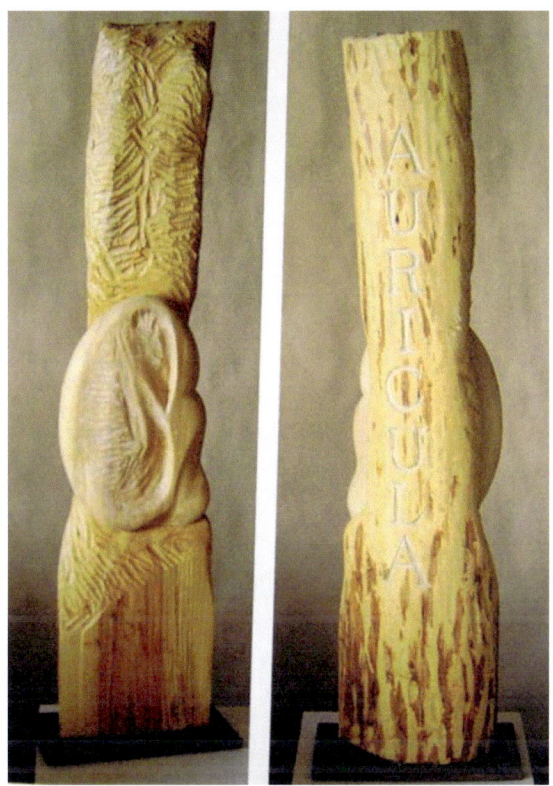

**Skulpturen *"Auricula"*. Til minde om Per Højholdt.
Træ. 2004**

I artiklen betoner Troels Andersen, at Jan Holger Jerichau i sine skulpturer og øvrige arbejder har et sjældent direkte forhold til

39

*tegn, betydning* og *association,* Det kommer tydeligt til udtryk i hans seneste arbejder.

*"Han er i stand til at udtrykke sig metaforisk, har ikke givet slip på denne side af den poetiske skaben. I den forstand går hans forhold til traditionen langt tilbage. I 2005 udtrykte han sin hyldest til digteren Per Højholdt og dennes store roman Aurelica i en søjleagtig skulptur. På den ene side bærer den som inskription bogens titel i en klassisk skrift, på den anden side vokser et øre frem.*

*I Kunstgewerbemuseum i Hamborg står en marmorblok fra romersk tid, hvis glatte flade blot brydes af en eneste form: et øre.*

*Et lignende øre er udhugget i en stenblok, anbragt hen ved femtenhundrede år senere på vagttårnet ved havnen på Malta. Sådan mødes hen over årtusinder en form og en metafor, og får ny betydning.*

*Evnen til at indsætte sin egen tids, sit eget livs tydninger i traditionens billede, i de overleverede former, er måske Jan Holger Jerichaus egentlige slægtsarv. Den kommer til udtryk i hans nok hidtil største træskulptur, der som titel har mottoet fra Jens Adolf Jerichaus sidste udstilling i 1916: Til skønheden.*

*Træet giver som materiale en frihed, men har også sin egen formmæssige og skulpturelle logik, der kalder på en bevægelse i højden. I kraft af materialets natur kan træet blive til et højsæde, til en søjle eller en stele, hvis det da ikke danner en analogi til den menneskelige skikkelse i sin vækst. Til skønheden rejser sig drejende i rummet med sin forgyldte krone som en fri plastisk omskrivning og sammenfatning af nogle af de figurmotiver, der prægede Jens Adolf Jerichaus maleri. Men skulpturen repræsenterer tillige en frigørelse, opnået som resultat af et årelangt arbejde."* **(13)**

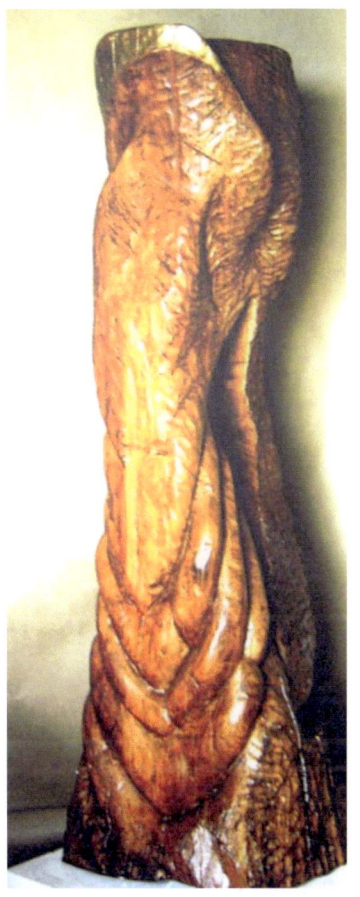

***Til skønheden.*** **Tilegnet maleren Jens Adolf Jerichau. Træ 2006**

# SLÆGTSARVEN

Arven fra slægten har ganske givet været følt som en stor lykke for de kunstnerisk begavede børn, børnebørn og for det enlige oldebarn af kunstnerægteparret Jerichau. Men det har tillige ofte været følt som en belastning at være en Jerichau med kunstnerisk blod i årerne. Hver enkelt har også båret på den tunge byrde, det har været at leve op til stamfaderens håb om *at videreføre kunsten i slægten og holde familiens ære i hævd.*

Billedhuggeren formulerede det således ved sønnen Haralds død i 1878:

*"Til Minde om Harald Jerichau.*

*Han var af Naturen begavet med de største Fortrin baade i aandig og legemlig Henseende, saa det var mit Haab, at han maatte blive Bæreren af Familiens Ære og dens Opretholder i Slægten."* (15)

**Harald Jerichau**

Dette "håb" prøvede de tilbageblevne børn – og især sønnerne – at opfylde. Og efter dem børnebørnene og det enlige oldebarn,

Den ældste søn Thorald Jerichau var meget bevidst om familien og følte vel på en måde, at hverken samtiden eller eftertiden indså og påskønnede forældrenes betydning for kunsten i Danmark. Især gik det ham på, at faderen i Danmark aldrig fik den anerkendelse som billedhugger, der rettelig tilkom ham. Det er den opfattelse af slægten, som vennen Bonnén påpeger i en artikel i Politiken. Thorald Jerichau var *besat af slægten.*

**Thorald Jerichau**

Slægtens ære har således hvilet tungt på Thorald som den ældste af de overlevende børn. Det ansvar, han har følt ved Haralds død, kan vel tænkes at have været den umiddelbare tilskyndelse til hans nekrolog artikel i "Illustreret Tidende". Men byrden gled af Thoralds skuldre i en ung alder. Det kan synes at være en bevidst form for eskapisme. Efter sin mislykkede gerning som organist og ikke særlig fremragende karriere som komponist sammen med erkendelsen af, at hans opfindelse af det trelinjede nodesystem aldrig ville føre til andet end en kuriositet, har han vel måttet indse, at han personlig ikke gav meget håb om kunstnerslægtens opretholdelse. Familiens ære har måske også fået et lille skår.

Det fremgår ingen steder, hvorfor han pludselig rejste til Amerika, men forskellige breve antyder, at han havde problemer med at finde "passende" – dvs. kunstnerisk – beskæftigelse i Danmark. Efter overvejelser om at få et arbejde ved søsteren Agnetes og hendes mands mellemkomst i Indien valgte han vel nærmest "Flugten til Amerika" ved at slå sig ned i et land, hvor navnet Jerichau var ganske ukendt. Thorald valgte altså så at sige at forsvinde i det anonyme, men slap aldrig forbindelsen med familien. Hverken i løbet af de mange år i Amerika eller de sidste år af sit liv i Sverige og Norge. Slægten slap ham aldrig. Han fulgte med i, hvorledes kunsten kunne blive opretholdt og udviklet i slægten. Efter broderen Holgers død opstår der kunstnerisk stilstand. Men dennes søn Emil Jens Adolf viser i en ung alder stort kunsttalent. Måske en ny Harald Jerichau – således kan man forestille sig, at tankerne er gået gennem Thoralds slægtsbevidste hjerne. Nevøen Jens Adolf Jerichau er familiens – kunstnerslægten Jerichaus – nye håb. Disse formodninger og konklusioner er der vel næppe belæg for, men de kan være sandsynlige, for da Thorald Jerichau døde i 1909, testamenterede han hele sin beskedne formue til sin malerbegavede nevø Jens Adolf Jerichau. Det nye håb i slægten.

Da Thorald var over alle bjerge, stod Holger tilbage i Danmark med ansvarligheden for familiens gode navn og rygte og derved med en belastning, som hans psyke og natur i længden ikke kunne klare.. I et brev til Anna Birch efter Holgers død giver Thorald en karakteristik af broderen som en *Jerichau:*

*"Altså er han nu friet for det tunge Legeme, der var hans Ballast i Jordelivet, og han selv kan nu uhindret af det arbejde opad. Da han var i Legemet, var han endnu mere end de andre*

45

*Jerichauer en modstridende Blanding mellem den skjæreste Idealisme og de tilbageholdende Kræfter, der kjæmpede som vilde de sprænge ham, og det har de gjort."* (15)

**Holger Hvidtfeldt Jerichau**

Sikkert er det, at slægten havde stor betydning for Holger Jerichau, og at han kendte sit ansvar.. Hans kone Anna Birch, der jo var hans kusine, var også tæt knyttet til familien Jerichau. Sammen påtog Holger og Anna Jerichau sig at gøre deres hjem til familiens samlingspunkt. Hele indretningen af deres hjem i Kavalerboligen i Hørsholm var bygget op med relikvier, genstande og minder om slægten. Først Vilhelm Wanscher, der var kommet i hjemmet i Hørsholm og siden Troels Andersen, der har snakket med familiemedlemmer, fortæller om, hvorledes Holger og Anna Jerichau levede og åndede med slægten. Det bekræftes i øvrigt af børnebørnene Sascha og Jan Holger Jerichau, der begge som børn har oplevet mormoderens hjem i Hørsholm.

Holger Jerichau var som moderen en urolig natur og rejste meget hele sit alt for korte liv. Han opholdt sig i lange perioder i udlandet. I de sidste år inden sin pludselige død byggede han hus i Istrien på Adriaterhavskysten med det formål at tilbringe megen af sin tid der for at restituere sig, som det fremgår af hans breve.

Han var uden tvivl *tynget af slægten* og oplevede en vanskelig og krisefyldt tilværelse. Først i de senere år fandt han fred og ro i det religiøse. Det arvelige tungsind fra faderen tog gradvist til i styrke og var formodentlig en væsentlig årsag til den hjernesygom, der afsluttede hans liv i året 1900.

**Jens Adolf Jerichau**

Sønnen Jens Adolf Jerichau var kun 10 år gammel, da faderen døde. Det var en begivenhed, som Jens Adolf aldrig kom over. Savnet af faderen var stort, og samtidig betød det, at Jens Adolf hermed alt for tidligt blev tvunget ind i rollen som ansvarlig for kunstnerslægtens videreførelse. En opgave, som han fra første færd tog meget alvorlig imod og opfattede som en livsopgave.

Allerede i dåben blev det bestemt, at slægten skulle være noget særligt for Emil Jens Adolf Baumann Jerichau, og gennem hele sin opvækst i hjemmet i Hørsholm var omgivelserne en stadig påmindelse om slægten. Meget tidligt i sit liv er han bevidst om Jerichauernes betydning og om sin egen rolle som en Jerichau i kunstnerslægten. I en alder af nitten år skriver han:

" *Minderne om min slægts storhed brusede ned over mig. Jeg følte selv, jeg var født til noget, til det største måske I vor slægt, jeg følte, at Hørsholm, det var vores, Jerichauernes ejendom, der havde vi levet os ind...*" **(16)**

Jens Adolf Jerichau oplevede i højere grad end alle andre Jerichauer den sorg, som er en integreret del af slægten. Det påpeges af vennen, vejlederen og mentoren Vilhelm Wanscher i de indledende linier i hans artikel " J. A. Jerichau" fra 1939

"*Det er en Lykke at have Kunstnerblodet og at føle sit Liv udfolde sig under en stor Skæbne, langt eller kort, men aldrig ligegyldigt. Jens Adolf Jerichau havde hele sin Slægts stærke Kunsttrang, og dens ulykkelige Skæbne. Han vidste det selv; han sprang som en sejrsikker og skøn Yngling ind i Kampen, han vandt og han saaredes og han døde frivilligt, fordi han ligesom droges af Forfædrenes Sorg: "Fædrene kalder" skrev han paa et af sine sidste Billeder.*" **(17)**

Maleren Jens Adolf Jerichau tog sit eget liv i Paris i 1916. Han var kun 26 år gammel.

Det tomrum i slægten Jerichaus kunstudfoldelse, der opstod med maleren Jens Adolf Jerichaus tidlige død, er mange år senere blevet fyldt ud af nevøen Jan Holger Jerichau.

Men det har været en vanskelig proces at nå så vidt for Jan Holger Jerichau.

**Jan Holger Jerichau**

Den foreløbig sidste udøvende kunstner i slægten Jerichau har i en lang årrække været *hæmmet af slægten*. Han har – som Ole Nørlyng udtrykker det – følt, at 2 Jens Adolf 'er kiggede ham over skulderen. Men efter mange års op - og nedture med store genvordigheder er Jan Holger Jerichau fri af forfædrenes pres fra det hinsidige og kan omsider nyde følelsen af lykke ved at have slægtens kunstnerblod i årerne.

**Jan Holger Jerichau,** *Til skønheden*

# NOTER OG HENVISNINGER

1)

I sin artikel om *"Billedhuggeren Jens Adolf Jerichaus Slægt. Nogle Oplysninger samlede i Anledning af 50-Aaret for hans Død"* fra 1934 giver E. Juel Hansen denne oplysning om navneskiftet fra **Jerichau** til **Jerichow:**

Af 1. ægteskab med Juliana Henriksdatter Rasmussen:

1. Anne Cathrine Jerichau, f. 28. Maj 1793 I Assens, d. 26. Dec. 1857 i Middelfart. V. 12. Maj 1813 ( i Huset) i Assens t. Diderich August Christensen, f. 1789 paa Højrupgaard. dbt.11. Jan. S. A i Hillerslev Kirke, d. 3. Nov. 1857 i Middelfart (S. af Claus Christiansen og Cathrine Margrethe Jahn). Sekondløjtnant ved Fyenske Infanteriregiment 16. Okt. 1808, Premiereløjtnant ved Jægerkompagniet i 3. Battaillon 5. Febr. 1811, Afsked 3. Sept. 1814 som Krigsassessor; løste 28. Nov. 1815 Borgerskab i Middelfart som Køb- og Handelsmand, som Billard- og Keglebaneholder 26. Juni 1822 og som Spisevært og Kukkenbager 12. August 1834; en Tid Kæmnerkasserer. Hans Søn, Købmand Niels Peter Andreas Christensens tre Sønner erholdt ved Kgl. Bev. af 20. Juni 1910 Tilladelse til at føre Navnet **Jerichow.**

Hertil oplyser en læge ved navn Ejnar Jerichow Ørkild i et brev til Jan Holger Jerichau fra 12. februar1984:

Niels Peter Andreas Christensen g. m. Sofie Georgia Jerichau Christensen fik 3 Sønner:

Peter Andreas
Oscar
Sofus Georg

Og det er disse 3 børn f. Christensen (eller måske rettere Jerichau Christensen), der ønsker navneforandring til Jerichow, hvilket bevilges i 1910. (Det skete vist nok efter en "disput" om navnet Jerichau ).

2)

E. Juel Hansen skriver i "Billedhuggeren Jens Adolf Jerichau's Slægt. Nogle Oplysninger samlede i Anledning af 50-Aaret for hans Død" om Tredje

Slægtled, billedhuggerens faders 2 ægteskaber og 18 børn. Tallene henviser til rækkefølgen i børneflokken af begge ægteskaber (første tal), og andet ægteskab med billedhuggerens ægte søskende (andet tal).

Af 2. ægteskab med Karen Birch:

13/1. Julius Evald Jerichau, f. 8. Nov. 1812 i Assens, d. 30. Dec. 1862 ss. Løste 9. Marts 1847 Borgerskab som Købmand ss., gik 1858 fallit; Fallitten skyldtes, at de Handelshuse, han havde staaet i Forbindelse med, var fallerede. V. 24. April 1847 i Middelfart t. Juliane Karen Margrethe Christensen, f. 27. Juli 1821 ss. (D. af Krigsassessor, Købmand Diderich August C. og Anne Cathrine Jerichau). Børn: Fjerde Slægtled II.

14/2. Juliane Eleonora Hedevig Jerichau, f. 17. Jan. 1814 i assens, v. 28. Juni 1845 ss. t.
Julius Evald Christensen, f. 24. Jan. 1818 i Middelfart, forulykkede på en Sejltur i Øresund 1884 (S. af Krigsassessor Købmand Diderich August C. og Anne Cathrine Jerichau). Løste 11. Juli 1845 Borgerskab som Købmand i Faaborg, senere Grosserer i København.

15/3 Niels Frederik Jerichau, f. 9. Febr. 1815 i Assens, d. 4. Juli 1872 ss. Lærer ved Realskolen i Odense, senere Kantor ved Assens Kirke og Lærer ved Borgerskolen. Forfatter. Ugift.

16/ 4 **Jens Ander**ens, d. 24. Juli 1883 i Nedre Draaby. Billedhugger. v. 19. Febr. 1846 i det preussiske Gesandtskabs Kapel i Rom t. Elisabeth Marie Anna (Lisinska) Baumann, f. 27. Nov. 1819 paa et Landsted uden for Warschau, d. 11. Juli 1881 i København. (Datter af Kortfabrikant Philip Adolf B. og Johanne Reyer). Malerinde. Begge begr. paa Frederiksberg Assistenskirkegaard. Børn: Fjerde Slægtled III.

17/5 Jacobine Jerichau, f. 2. Aug. 1817 i Assens, d. 11. Sept. 1822 ss. v. 17. April 1842 ss. T. Nicolai Frantz Schwartz, f. 31. Dec. 1818 ss., d. 22. Nov. 1818 ss. (S. af eligeret Borger, Garver Hans Jørgen S. og Martine Gøerfeldt). Exam. Polyt., løste 19. Juli 1842 Borgerskab som Garver i assens, senere Ejer af Kaals Mølle, Landvæsenskommissær, Amtsraadsmedlem, R af Dbg. 21. Mai 1847.

18/6 Caroline Jerisine Jerichau, f. 19. Nov. 1818 i Assens, d. 10. Juni 1888 i Odense, begr. i Assens. Pensionær i Graabrødre Kloster i Odense. Ugift.

3)

Om kælenavnet Lisinska / Lisinka: E. Juel Hansen har navnet "Lisinska", mens det benævnes "Lisinka" hos Nicolai Bøgh og oven i købet i et referat af et brev skrevet af Elisabeth Jerichau Baumann. Her omtaler hun sig selv som *"Lisinka": " ...Jeg tror nu, at i al Fald Lisinka ( nu hedder jeg Elisabeth ) Baumann ..."* ( " *Elisabeth Jerichau Baumann. En Karakteristik.* Forlagsbureauet i Kjøbenhavn, 1886, side 63). Birgit Pouplier har brugt "Lisinka" som titel på sin roman om Elisabeth Jerichau Baumann (Forlaget Rosinante, København 1996). "Lisinska" bruges også af Troels Andersen i sin korte omtale af Jens Adolf Jerichau, hvor han skriver: *"I 1846 giftede han sig med den polsk fødte malerinde Elisabeth Lisinska Baumann".* ( CRAS, Tidsskrift for kunst og kultur, XLVIII, 1987, s. 5).

4)

Billedhuggerens og malerindens 9 børn som beskrevet af E. Juel Hansen:

1. Caroline Amalia Jerichau, f. 1847 ell. 48 i Rom, d. 21. Okt. 1848 i København (Frels.)

2. Thorald Harald Adolph Carol Lorentz Jerichau, f. 1. Nov. 1848 I København (Frels.), d. 25. Dec. 1909 i Christiania. Komponist.

3. Marie Rose Elisabeth Signe Jerichau, f. 22. Juni 1850 I København (Trin.), d.25. Okt. 1893.

4. Nicolai Harald Adolph Jerichau, f. 18. Aug. 1851 i København (Trin.), d. 6. marts 1878 i Rom. Landskabsmaler. V. 20 Marts 1875 i Konstantinopel t. Marie Kutzner, f. 1850, d. 7. Nov. i Neapel (D. af Gymnasiallærer I Hirschberg Theophilus K. og Charlotte Agathe Baumann, Tvillingesøster til Fru Jerichau-Baumann). Begge begr.ved Cestiuspyramiden i Rom. I Ægteskabet fødtes to Børn: Hjalmar, f. 1876 i Konstantinopel, d. s. A., begr. paa Prinseøen i Bosporus; dødfødt søn, f. 7. Nov. 1876 i Neapel.

5. Caroline Elisabeth Nanny (Agnete) Jerichau, f. 11. Nov. 1853 i København (V. Frue), d. 27. Aug. 1897 i Sirdapore i Indien. Forfatterinde (under navnet Agnete Læssøe f. Jerichau). V. 7. April 1873 t. Albert Frederik Læssøe, f. 11. Juni 1848 i Udby, Tusse Herred, d. 18. Mai 1903. (S. af Skolelærer, senere Sognepræst Frederik Christian L. og Elisabeth Dorothea Pingel). Sekondløjtnant i Infanteriets Krigsreserve 26. Juni 1867, Kaptajn i fransk Tjeneste 10. Okt. 1870 – 26. Juli 1871, R. af Æresleg. i April 1872, Premierløjtnant ved 7. Bataillon 1. Nov. S. A., udenfor Nr. 3. April1873, Direktør for Ingeniørerne i Persien 1875; afskediget af den danske Hær 14. Jan. 1882; Attaché i Udenrigsministeriet i Kalkutta, Oberst i engelsk Tjeneste i Ostindien.

6. Karen Elisabeth Jerichau, f. 24. Jan. 1855 i København (V. Frue), d. 13. Febr. S. A. ss. ( V. Frue).

7. Louise Johanne Jerichau, f. 27. Marts 1856 i København, d. 25. Mai 1891.

8. Sophie Dagmar Elisabeth Jerichau, f. 23. Juli 1859 i København (V. Frue). Ved aabent Brev af 31. Okt. 1878 optaget i den danske Adel. V. 4. Nov. 1878 i København (Garn.) t. Christian Frederik Emil von Holstein-Rathlou, f. 11. Nov. 1849, d. 29. Jan. 1919 i København ( S. af Niels Rosenkrantz v. H.-R. til Stamhuset Rathlousdal og Julie Sophie Dorothea Elisa Volradine von Leitner). Hofjægermester, Besidder af Stamhuset Rathlousdal og Brunswardens Fideikommis, Ejer af Rodstenseje.

9. Holger Hvidtfeldt Jerichau, f. 29. April 1861 i København (V. Frue), d. 26. Dec. 1900 ss. Landskabsmaler. V. 12. Mai 1886 t. Anna Frederikke Birch Birch, f. 1861 (D. af Branddirektør i Roskilde Georg Emil B. og Frederikke Cecilie Leth).

5)

Bøgh om *Jerichau,* s. 313

6)

Bøgh om *Jerichau*, s. 212


7)

Høyen, Niels Laurits Andreas, dansk kunsthistoriker (1798 – 1870). Søn af en velstående brændevinsbrænder og brygger. Student 1816 og efter anden eksamen begyndte han at gå til juridiske og teologiske forelæsninger, men mest interesserede han sig for historie, litteratur og kunst. Han viede derefter sine kræfter til kunststudiet og blev derefter Danmarks første egentlige kunsthistoriker. Efter studier i udlandet var han i 1927 med til at stifte den "Kjøbenhavnske Kunstforening" og begyndte samtidig at holde forelæsninger på Kunstakademiet om oldtidens malerkunst. 1819 blev han udnævnt til professor ved Kunstakademiet og begyndte at udarbejde en "Danmarks Kunsthistorie", som han dog aldrig fik fuldført. I 1839 udnævnt til inspektør ved Nationalgalleriet på Christiansborg og nogle år senere blev han en af Nationalgalleriets 2 direktører. 1847 var han med til at stifte "Det Nordiske Litteratursamfund" og "Selskabet for nordisk Kunst" og i 1856 overtog han stillingen som docent i kunsthistorie ved universitetet. En stilling, der var oprettet til ham selv. Høyens forfattervirksomhed er ikke særlig omfattende. Han skrev ikke større værker, men derimod en række mindre afhandlinger i tidsskrifter og blade. Endnu større indflydelse end ved sine skrifter fik Høyen ved sine synspunkter på kunsten, og hans betydning for den danske kunsts udvikling i første halvdel af det 19. århundrede er større end nogen andens.Det var for ham en urokkelig grundsætning, at et "Lands Kunst, naar den skulde vokse op til noget sundt og godt, maatte være i sit Væsen national, maatte være Udtryk for det dybest ejendommelig i Folket selv og i Landets Natur".Dette blev en livssag for Høyen, og som det fortælles, i sin begejstring kunne han være ensidig i sit syn og sin dom, og samtidig med at han fik større og større magt og indflydelse, udviklede han en tro på sin egen ufejlbarlighed og kom til at lide af herskesyge. Han var en mand med stærke sympatier og antipatier og var en hård og skånselsløs modstander, men også en vennernes ven for dem som kom til at udgøre "Høyenianerne". (Salmonsens Konversationsleksikon, Kjøbenhavn 1894).


8)

Bøgh om *Jerichau*, s. 312

9)

      Bøgh om *Baumann*, s. 293. Her skriver Bøgh:

" Hen ad Morgenstunden døde hun stille og uden Kamp. Som Lig siges hun at have været usædvanlig skjøn; alle Trækkene forædledes, og den reneste, mest ophøjede Fred hvilede over hendes Ansigt. Der blev taget en Maske over dette og en Afstøbning af hendes smukke Hænder." Masken findes i ubeskadiget stand hos Jan Holger Jerichau.

10)

      Jesper Grunnet, *Hrymfaxe, 1979, "Hånden, foden og korsets tegn"*, s. 19

11)

      Anmeldelse af Ole Nørlyng i Berlingske Tidende, 1997.

12)

      Troels Andersen, Billedkunst. Kritisk-videnskabeligt tidsskrift, 2006, s. 20

13)

      Troels Andersen, Billedkunst. Kritisk-videnskabeligt tidsskrift, 2006, s. 22-24.

14)

Bøgh om *Jerichau,* s.323

15)

Brev fra Thorald Jerichau til svigerinden Anna Jerichau, dateret 08. 01.1901. I familiens eje.

16)

Troels Andersen, *Jens Adolf Jerichau* s. 5

17)

Vilhelm Wanscher, *J. A. Jerichau* s. 7

**Jan Holger Jerichau,** *Fabel.* **Elm. 2001**

# LITTERATURLISTE

Jens Adolf Jerichau, *Erindringer.* Udgivet af Nicolaj Bøgh i: *"Erindringer af og om Jens Adolf Jerichau"*, Andr. Schous Forlag. Kjøbenhavn 1884.

Elisabeth Jerichau Baumann, *Ungdomserindringer,* Wøldike, 1874

Elisabeth Jerichau Baumann, *Til Erindring om Harald Jerichau*, Andr. Schous Forlag, 1879

Elisabeth Jerichau Baumann, *Brogede Rejsebilleder,* Forlagsbureauet i Kjøbenhavn, 1881

Nicolaj Bøgh, *Erindringer af og om Jens Adolf Jerichau.* Andr. Schous Forlag Kjøbenhavn 1884.

Nicolai Bøgh, *Elisabeth Jerichau-Baumann. En Karakteristik.* Forlagsbureauet i Kjøbenhavn 1886.

Sophus Michaëlis, *Billedhuggeren J. A. Jerichau*, i Blade af dansk Kunsts Historie udgivne af Foreningen for national Kunst under Ledelse af P. Johansen, Andet Bind, København 1906.

Birgit Pouplier, *Lisinka. Roman.* Munksgaard/Rosinante, København 1996

Vilhelm Wanscher, *J. A. Jerichaau,* Vor Tids Kunst 2, Forlagt af Rasmus Naver. København 1931

Troels Andersen, *Jens Adolf Jerichau (1890 – 1916). En biografi og en fortegnelse over hans værker.* Borgen 1983.

Troels Andersen, *Kunstnerslægten Jerichau. Indledning og omtale af slægtens medlemmer.* CRAS, Tidsskrift for kunst og kultur. XLVIII. 1987

Troels Andersen, *Noter til Jan Holger Jerichaus nye skulpturer.* Billedkunst.Kritisk- videnskabeligt tidsskrift 14. årgang nr. 2, oktober 2006.

Jesper Grunnet, *Hånden, foden og korsets tegn. Om billedkunstneren Jan Holger Jerichau.* Hrymfaxe. Folkeligt Kunsttidsskrift Nr. 2, juli 1979. 9. årg.

Inge Dybbro, *Jan Holger Jerichau,* i: Indbydelse til Galleri Kobolt 1991

Ole Nørlyng, *Organiske former*, anmeldelse i Berlingske Tidende, 2. oktober 1997

E. Juul Hansen, *Billedhuggeren Jens Adolf Jerichau's Slægt.* Personalhistorisk Tidsskrift. 9. Række, 6. Bind, 3-4. Hæfte. J.H. Schultz Universitetsbogtrykkeri A./S., 1934

Svend Bay-Smith, *Kunstnerdynastiet Jerichau. Slægtens ældste, den endnu unge fornøjelige 82-aarige Fru Anna Jerichau fortæller -.* Berlingske Søndags Magasin, 1944

# BILLEDFORTEGNELSE

Forsidebilledet: Jan Holger Jerichau med skulpturen " *Til Skønheden.*"
Bagsidebilledet: " *Til Skønheden.*"

*Metamorfose, træ, 2002*

# APPENDIX

**Uddannelse:**
Elev af billedhugger og grafiker Gunnar Hossy

**Udstillinger, gruppe:**

| | |
|---|---|
| Charlottenborgs Forårsudstilling | 1972, '74, '77 |
| Silkeborg Højskole | 1974, '75 |
| Kunstnernes Påskeudstilling | 1976 |
| Provinsens Censurerede Udstilling | 1976 |
| Kunstnernes Efterårsudstilling | 1977, '89, '90, 92 |
| Nikolaj, Mennesket i dag | 1978, '81 |
| Skovhuset, Værløse | 1979, 2006 |
| Ballerup Rådhus | 1980 |
| Det Kgl. Biblioteks Kunstforening | 1984 |
| Galleri Sct. Agnes, Husarstalden | 1984 |
| Stadsbiblioteket i Lyngby | 1985 |
| Dansk Billedhuggersamfunds Vandreudstilling | 1985 |
| Dansk Billedhuggersamfund, Nikolaj | 1985 |
| Albertslund Rådhus | 1986 |
| Kunsthallen | 1987 |
| Overgaden neden Vandet | 1988 |
| Ridehuset, Århus | 1988 |
| Charlottenborgs Efterårsudstilling | 1989 |
| GIAT, Göteborg | 1989 |
| Skulpturbiennalen, Rundetårn | 1990 |
| Fuglsanghus | 1990 |
| Billedværkstedet Brovst | 1991 |
| Københavns Kommunes Kulturhus | 1992 |
| Køge Kunstforening | 1999 |

63

| | |
|---|---|
| Silkeborg Kunstmuseum | 2002 |
| Villa Bournonville, Fredensborg | 2004 |
| Skovhuset , Værløse | 2006 |

**Udstillinger, separat:**

| | |
|---|---|
| Galleri Draupnir | 1974 |
| KCH, Holbæk | 1976 |
| Kunstnernes Egen Kunsthandel | 1980 |
| Galleri Marius | 1982 |
| Thorasminde | 1983 |
| Galleri Sct. Agnes | 1987 |
| Varmegalleriet | 1990 |
| Galleri Kobolt | 1991 |
| Kunsthallen Købmagergade, København | 1995, '97 |
| Gjethuset, Frederiksværk | 2005 |
| Hundested Kunstforening | 2005 |
| Torup Kunstforening | 2006 |
| Hundested Kunstforening | 2006 |
| Torup Kunstforening | 2008 |
| Museet på Kronborg, Helsingør | 2008 |

**Solgt til bl.a.**
Silkeborg Kunstmuseum
Gladsaxe Kommune
Ballerup Rådhus
Hvidovre Kommune

**Legater**
Kunstmaler H. C. Koefods og søster Caroline Koefods Legat

Billedhugger, professor Godtfred Eickhoff og hustru, maleren
Gerda Eickhoffs Fond
Charlottenborg Legatet
Kunststyrelsens Legat

**Litteratur**

| | |
|---|---|
| "7 Grafik" | 1974 |
| Hrymfaxe | 1979 |
| Kunstnerleksikon | 1985 |
| CRAS | 1987 |
| Dansk Kunst | 1984-1991 |
| Billedkunst | 2006 |
| Kunstnerslægten Jerichau | 2008 |
| Indlevelsesevnen som arv | 2008 |

**Fra udstillingen i** *Gjethuset*, **2005**